今天,你好嗎?

想與你分享的小小幸福。

圖·文 麵包樹

日記
DIARY

怪獸
MONSTER

糖果
CANDY

流星
METEOR

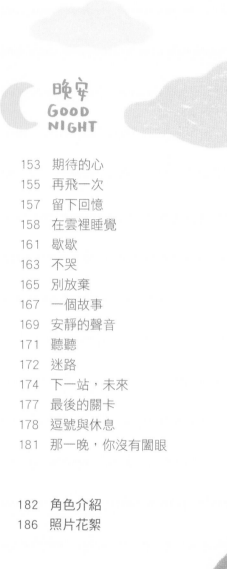

晚安
GOOD
NIGHT

反正很好吃啊！

© BREAD TREE

日記

累積下來的日子像剪貼簿一樣，
每頁都貼滿了各式各樣的回憶。
塞滿新鮮和愉悅的是一場旅行，
兼具喜悅與不捨的是一段假期，
充斥著喜怒哀樂的是一頁日記。

咖啡生活

不知道從哪一天開始

你變得很忙，

忙著說很多話，忙著做很多事，

匆匆走進一份份工作，

匆匆走過一個個城市，

把自己從薄薄的筆記本變成厚厚的書，

一本自己也讀不懂的複雜的書。

你皺著眉頭研究了很久，

猜是在寫一個尋找夢想的故事。

©BREAD TREE

幸福的蒲公英

你有幾首很常聽的歌，
有一些特別喜歡的事，
也有一群關心著你的人。

你其實很幸福，
只是你沒注意到而已。

一模一樣面具

為了和大家一樣，

你買了從來不穿的衣服款式，
看了從前不看的熱門影集，
只為了和大家擁有一樣的興趣。

但扮演著別人的你，
其實一點都不開心，

摘下面具吧！
勇敢的作自己，
要相信大家會更喜歡真實的你。

吹泡泡

常常我們只記得結果的不完美，
卻忘記收穫滿滿的過程。

就像吹泡泡，
其實不需要太在意最後泡泡有沒有破掉。

珍惜

課堂中在筆記本上塗鴉，

熬夜時趴在桌上小睡一下，

總是有那麼些時候，

平凡的小事也讓我們覺得特別珍惜。

所以無聊時想想忙碌的光景，

失眠時想想熬夜的心情，

雖然不一定有幫助，

但總是能提醒自己，要珍惜。

咦！好久不見

多久沒跟好久不見的朋友聯絡了？

輕輕的一句問候，
讓兩個人又有了連結，

於是，勾起好久以前的回憶，
於是，溫暖了原本以為已經的生疏，

沒什麼原因能真的阻止彼此聯繫，
只是記不記得與想不想而已。

小小掛心

月光下男孩摟著女孩的肩卿卿我我，
臨行前母親拉著孩子的手依依不捨，

那些讓人不捨得結束的場景
就像差一步就趕上的電梯一樣，
不特別卻讓人掛心。

而那些充滿感情的片段最終將留在心裡，
成為心中最柔軟的一處。

RaMEN。
再來一碗吧！

©BREAD TREE

日常

累積下來的日子像剪貼簿一樣，
每頁都貼滿了各式各樣的回憶。

充斥著喜怒哀樂的是一頁日記，
兼具喜悅與不捨的是一段假期，
塞滿新鮮和愉悅的是一場旅行。

只是個平常的故事

看著窗邊一來一往的人車，
猜著每臺急駛而過的車都有某件要緊的事，
想著每位快步行走的人心裡都藏著一個故事。

回頭再看看自己心煩的事，
不管是悲傷還是討厭的事，
放進故事堆中似乎也只是一個平常的故事。

快樂給自己

為自己哼首快樂的歌，
為自己畫張繽紛的圖，

總是為別人而忙碌的你，
偶爾也該為自己寫篇開心的日記。

BREAD
TREE

圈圈外

走一條還沒有人走過的路，
買一本從來沒有聽說過的書，

會害怕 所以才有勇氣，
會猶豫 所以才有信心，

走出自己的舒適圈，
會焦慮，所以才能學習平靜。

跟著感覺去旅行

不是每件事情都需要解釋，
也不是每個想法都會有原因，

有時候感覺就是這樣，
說來就來，說走就走，

所以不必太絞盡腦汁解釋些什麼，
跟著自己的感覺走，就對了！

都是限量版

或許是因為很重視，
也或許本來就是完美主義者，

沒有不好，
只是有時候有點不完美也很好，

即便結果無法讓你滿意，
但讓你收穫的是
過程中那些努力與小心翼翼。

壞心情出去

你總是假裝沒事，假裝堅強，假裝很開心，
沒人知道你其實很容易受打擊，

忍耐成為你的面具，
過濾掉你悲傷的心情，
眼淚卻仍留在心裡。

親愛的，試著摘下面具，
只要是情緒都需要抒發，
別單只把壞心情留在心裡。

時間暫停

如果時間能暫停，
多希望就停留在這裡。

從一段故事般的美夢醒來後的那種惘然，
或是一場邂逅擦身而過留下來的那分遺憾，
明明都很完美的事阿！卻仍令人皺眉。

於是只能笑笑安慰自己，
唯有在最美好的時候結束，
才能擁有一個真正全然美好的故事。

一期一會

....

那些與某些人某些事的一期一會，
是錯過就不會再有一模一樣的了。

即便不是段美好的回憶，
也能當做是一次的學習，

就算有些不順心也別太忿忿不平，
每件事都一定有它來的目的和結束的日期。

一期一會。

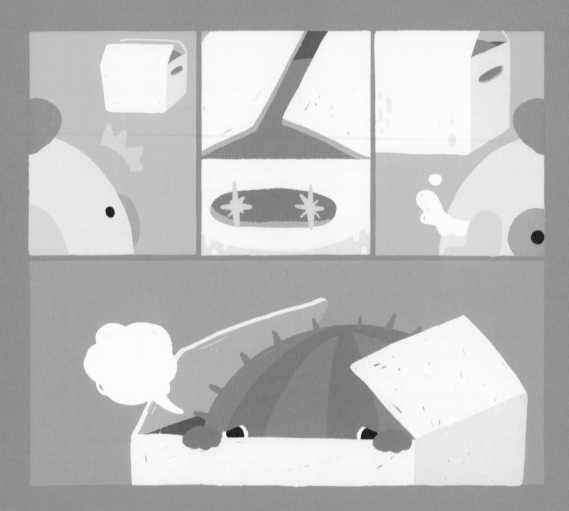

也沒有討厭你，我只是害怕而已。

怪獸

每個人心中都住著幾隻小怪獸，

有大有小，

每一隻都有不同的脾氣。

有時候它們讓你覺得自己好任性，

傷害了愛你的人也傷害了你。

你現在能做的是好好愛自己，

要相信自己能變得更好，

並且常常提醒自己，

慢慢的小怪獸們就會改進。

走自己的路

習慣看排行榜上的書，
習慣走別人走過的路，
習慣踏著鋪好的路散步。

也許是太安逸了，
少了別人的經驗便害怕繼續向前，
慌亂的想著是不是哪裡做錯了，
無助的只能在原地躊躇，

卻沒想到沒有範例不代表不可以，
卻沒發現自己其實有能力走出一條新的路。

早知道

早知道就別說了。

早知道就慢慢走。

早知道就再檢查一次了。

生活中總是伴隨著幾個早知道，

小小的惋惜就像意外飛走的氣球，

總要等到鬆手了氣球飛了才懊惱自己沒抓緊，

卻也已經無法挽回。

作決定時多一點點思考，

畢竟猶豫得再久也比後悔來的好。

走下去

荒蕪的沙漠裡有肥沃的綠洲，

寒冷的冬天裡有溫暖的太陽，

每件看似糟糕的事情裡都還藏著一些些美好，

就像故事裡的劇情轉捩點，

一下子讓前面的辛苦都充滿意義，

但前提是你要願意堅持走下去。

不急不急

也許只是因為太急了。

急著想把問題解決，
急著想讓事情變得更好，

焦慮讓你失去耐心，
心浮氣躁的你不僅問題沒解決，
還製造了更多新的問題。

既然慌張沒辦法解決問題，
那麼就慢慢來吧！

把事情做對永遠比做得快還重要。

BREAD TREE

我沒看見,真的。

©麵包樹

我沒看見

誤會了。

吵架了。

不說話了。

你說沒關係不用在意，

反正時間會帶著傷口痊癒，

卻忘了傷痕會永遠留下。

它們正在發生，你卻說你沒看見。

不需要分析

猜想著誰是不是討厭自己，
分析著某句話是什麼用意，

百思不解讓你變得垂頭喪氣，
不知不覺把錯都推給自己

其實想想也不需要那麼在意，
畢竟不是每件事都會有原因，
就像有人喜歡小狗也有人喜歡貓咪，

有時喜歡不喜歡就像吃飯那麼容易，
憑直覺憑心情是那麼的漫不經心，
不需要反反覆覆的一直放在心裡。

未知

因為害怕未知而躊躇不前，
想來想去還是不願意承受改變的風險，
於是事情就這樣被擱下了。

可能發生的錯誤被擱下，
可能成功的機會也同時被擱下了。

就像一個神祕的盒子，
打開了也許失望，
無論如何總是得到了答案。

不打開是避開了失望，
但留在心裡的卻是無止盡的心煩與惆悵。

自己決定

各式各樣的建議讓你不知所措，
不知道到底該聽誰的該往哪走。

其實重要的不是別人怎麼說，
而是你自己怎麼想，

這是你自己的人生，
是屬於你的小舞台，
觀眾當然會給你很多建議，
但最終舞台上的節目還是得由你來決定。

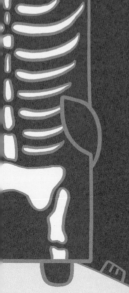

照不到光的地方

每個人心裡都有一段照不到光的地方，

那裡擺滿了不願收拾不想面對，
於是只好讓它一直存在的情緒，

也許偏見，也許嫉妒，
明明想視而不見卻仍持續影響你，

那段心裡最黑暗的地方，
只有走進去，勇敢承認，
才有可能點亮。

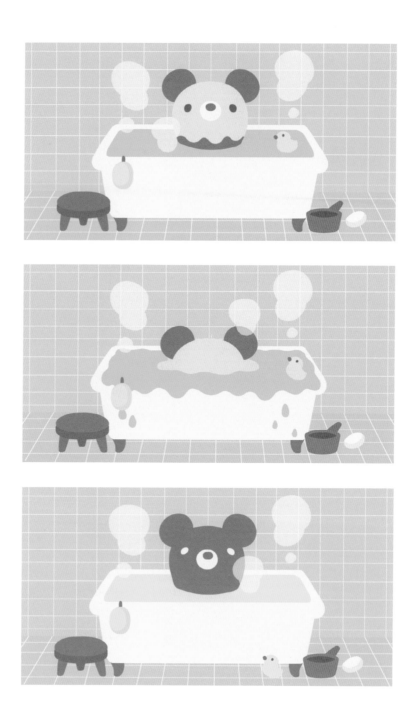

幫心情卸妝

很多時候我們沒辦法真實的作自己，

在各種場合我們必須戴上合適的面具，

但面具總是讓人不舒服，

所以記得偶爾幫心情卸妝，

還給自己一個乾淨的心情。

一個接一個

既然開心的時候能放聲大笑，
那麼難過的時候也記得要放聲大哭，

給滿滿的情緒一個出口，
別把壞心情全都留在心裡，

因為只要負面情緒都離開了，
好心情就會一個接著一個進來。

釋懷練習

被誤解了，卻沒機會能解釋。

委屈重重的壓在心裡，
心情也跟著變得好沈重。

既然沒有機會解釋，
那總該給自己機會釋懷，
沒辦法改變別人的想法，
至少要能轉換自己的心情，

記得，
只要陽光夠溫暖，
烏雲就不會持續太久，

如果這只是個荒唐的誤會，
那麼總有一天
會有辦法解開。

勇敢的痕跡

每個人心中都有幾道傷痕。

是最害怕的，
也是最不願意去回想的。

事情過去了，
傷痕卻留了下來，

雖然那些傷痕曾讓我們流淚，
但也不需要因此自怨自艾，
畢竟因為有那些受過傷的痕跡，
才能有現在這麼勇敢的你。

不怕的，你最勇敢了
© BREAD TREE

不怕

最辛苦的那段時間，
最害怕的那個時候，
你都走過來了。

你很勇敢，你都忘了！

不怕別人怎麼想，
不怕別人怎麼說，
對的事情，就勇敢去做，

會有點辛苦，但是不怕的，
要相信自己，相信自己可以的。

重新出發

沒有人喜歡烏雲，

但也沒有人害怕它，

因為知道它不會待得太久。

就像壞心情一樣，

偶爾在心裡盡情的下場雨也不打緊，

只是等雨停了要記得把烏雲撥開，

別讓它遮住即將升起的燦爛太陽。

75

別著急, 我會等你。
© BREAD TREE

糖果

每件幸福的事裡都有個喜歡的人，
時間過去了溫暖卻因為物件而留下，
漸漸分不清喜歡的是事還是人。

共同的回憶

一本書讓人回憶的不只是內容，
還可以是曾經一起翻閱它的人。

一場電影給人的印象不只是劇情，
也可以是當初一起看的那位朋友。

也許一起外出踏青，
也許一起看場畫展，

讓我們一起多做一點什麼事，
未來才有多一點事情能讓我聯想到你。

LOVE MAP
ⓒ BREAD TREE

又見面了

———————

也許現在因為什麼事把我們給分開了，
但在將來的某一天我們一定會再重逢，
然後一起在某個地方輕輕敘著從前的故事。

同樣是繞了一大圈又再回來的事，
彼此都早已不放心上的還能叫巧合，
彼此都還深深惦記著的就一定是緣分了。

留了位置給你

在寫滿代辦事項的筆記本中
留了兩行給你，
在充斥生活瑣事的行程表上
留了時間給你，

也許是想念吧！
就連在心裡
也悄悄留了位置給你。

好朋友紀念日

還記得那一天，我注意到和自己很像的你，

還記得當下好奇著我們能成為朋友嗎，
還記得我們一開始小心翼翼的短暫交談
就像剛認識的朋友那樣。

還記得那天的好天氣，
還記得當時的好心情，

還記得那一天，我們成為好朋友。

回到從前

好像又回到當初天天在一起的日子。

一起說著講不完的話，
一起為了彼此才知道的事大笑。
默契在兩個人之間好像永遠用不完，
就像一直以來那樣。

過分開心的以為自己回到了從前，
回神才發現
只是和好久不見的你講了通電話。

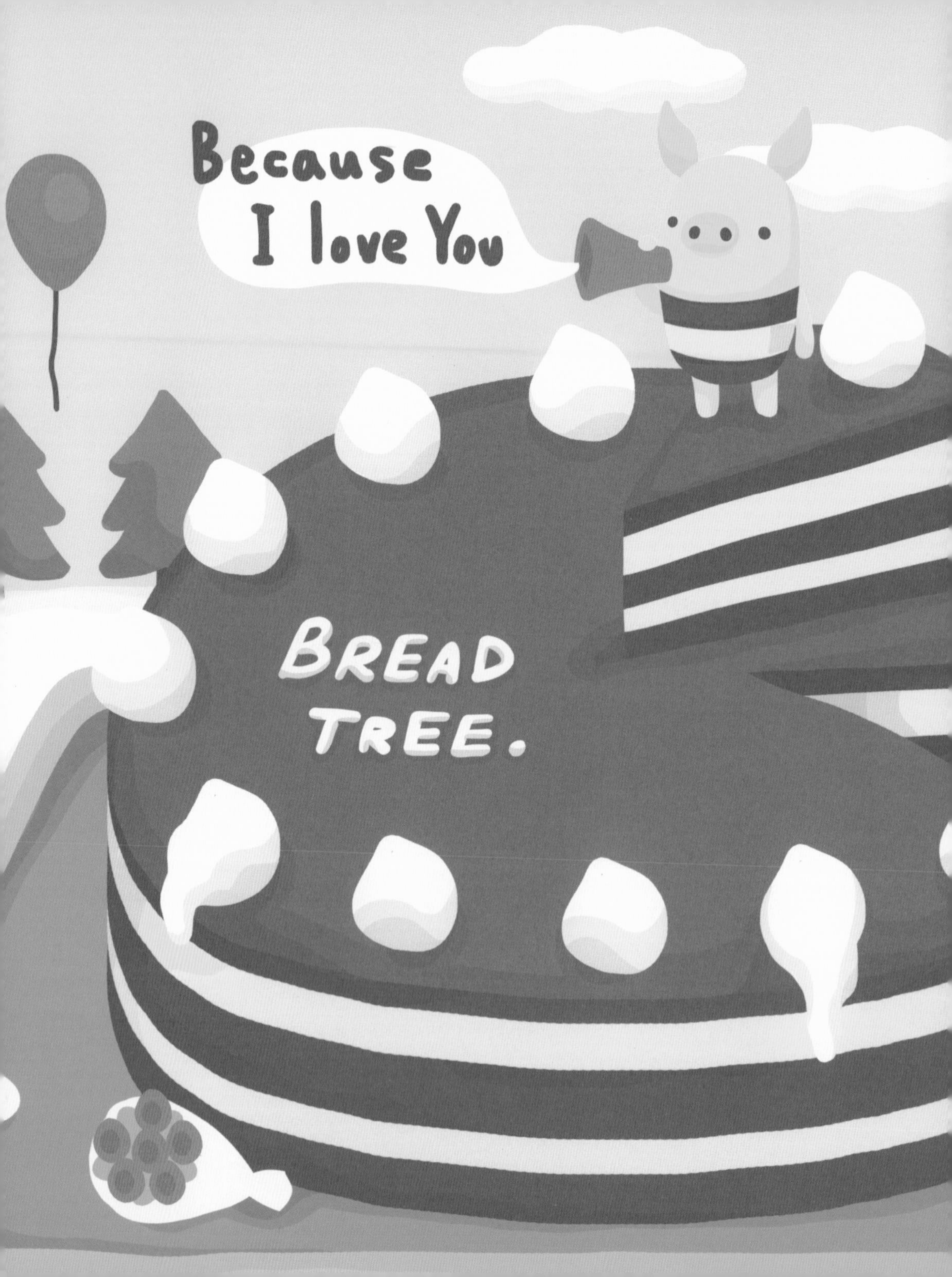
Because I love You
BREAD TREE.

love

一個人害怕，兩個人能勇敢，
一個人無助，兩個人更堅強。

沒有什麼目標不能一起努力，
沒有什麼困難沒辦法一起克服，

因為有你在身邊所以更有自信，
因為身邊有你所以更相信自己。

朋友，好久不見

好久不見的你不一樣了。

換了新髮型、穿了新衣，
就連說話也有了新的口氣，

但陌生的你卻仍有一顆我熟悉的心，

我們會一直是好朋友，
也許就是這個原因。

共同的回憶

喜歡一起用餐，

不說話也沒關係。

喜歡一起發呆，

沒有互動也可以。

喜歡一起為了什麼而努力，

沒有收穫也沒什麼要緊，

因為最珍貴的是，過程中那些共同的回憶。

帶著回憶赴約

好久不見了最近好嗎？
仍然住在那裡嗎？
還是那麼喜歡笑嗎？

見面前有多少問題想問你，
有多少話想對你說，
真正見了面卻什麼都沒問出口，
就連話也沒說上幾句。

臨別前若無其事的向你道別，
心想著也許有什麼東西變了吧。
回程加快了腳步，
任性的決定把對你的記憶停留在見面之前。

喜歡喜歡

最溫暖的是
與你一起喝的咖啡，
最珍惜的是
和他一起完成的拼圖，

每件幸福的事裡
都有一個喜歡的人，
時間過去了
溫暖卻因為物件而留下，
漸漸分不清喜歡的是事還是人。

說好一起努力

拉著手說好了永遠都不分開，
寫著卡片約定了永遠是朋友，

也許因為承諾總是在最美好的當下談未來，
才幸福的不小心忘了未來是多麼難以預測，
並不是洗淨放冰箱就能保存好長一段時間。

即便曾經的海誓山盟在未來可能只是一抹微笑，
當時滿滿的幸福卻永遠是你雨天裡憶起的太陽。

證明曾經有多美好也許才是約定的意義吧。

讓我陪你

撥一點時間讓我陪陪你吧！
說一點什麼讓我們聊聊吧！

不喜歡的話就不要聽，
不小心聽了也不要放在心上，
不開心的事就趕快忘記吧！

不要總是什麼都不說，
不要每次都忘了還有我，
不要自己辛苦的承擔了太多。

如果可以，說出來讓心情輕鬆一點吧！
如果願意，伸出手來讓我陪你走走吧！

因為是你

活潑也好，害羞也沒關係，
安靜也好，吵吵鬧鬧也可以，

別誤會了！
喜歡你從來不是因為哪些特質，
所以不用為了營造什麼而擔心，

放心做自己吧！
喜歡你只因為你是你。

還期待

期待開始，期待能重新出發，
期待進步，期待計畫中的未來。

誰給誰的承諾在心裡塞得滿滿的，
滿心期待能一一兌現的那一天。

即便最後是失望了，
至少仍保有最初滿心期待的回憶。

House

等你

在所有可能遇見你的地方等你。

有點期待也有點焦慮，
有點緊張也有點沒耐心，

用期盼畫成一張大大的地圖，
仔細寫滿了等待的地點，
塗上顏色摺好，
輕輕擱在每個你可能會經過的地方。

Sandwich

Car

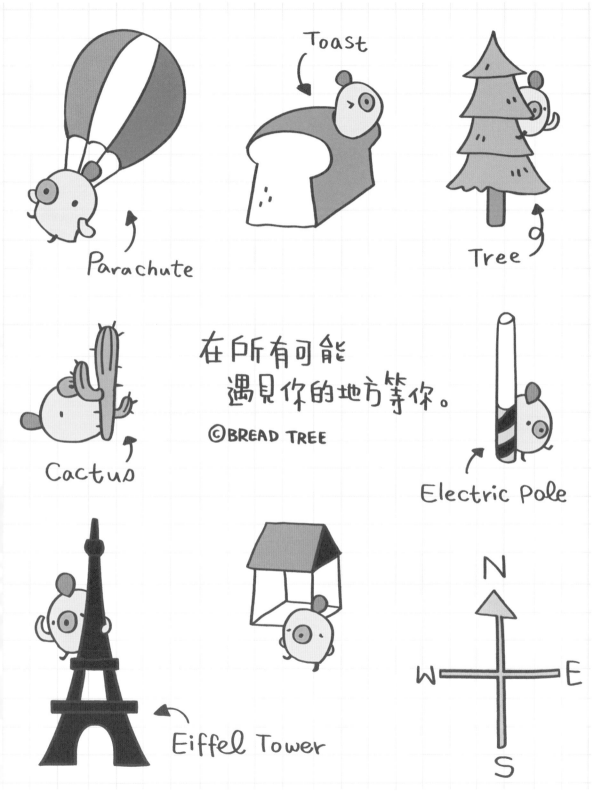

Parachute

Toast

Tree

Cactus

在所有可能
遇見你的地方等你。

©BREAD TREE

Electric Pole

Eiffel Tower

N

W E

S

我們的故事

城市裡，

每個人都有個屬於自己的故事。

我們帶著自己的故事，

說著自己的話，做著自己的事。

有著不同故事的我們，卻在這裡相遇了。

彼此認識，互相了解，

然後踏進對方的故事裡，

開始一段共同的故事。

粉紅色心情

窗外颳著風天上飄著雨，

濕冷的天氣裡，

你等著公車我排著隊，

我們無奈的心情押韻，

心裡都罩著一朵烏雲。

突然，

你走過來和我分享一半的傘，

快淋濕的我笑著向你道謝，

又是同樣的心情，

不同的是這一次我們都感到開心。

我的，你的，小習慣

你的，我的，小習慣

兩個人一起相處久了，
有了一些對方的小習慣，
就連個性裡也嵌入了一點彼此。

於是原本不看書的你散步時走入了書局，
購物時留意了原本不會買的東西。

兩個人分開後各自帶著一小部分的彼此，
繼續完成原先一個人的小旅行。

嗨，好不容易遇見你

地球上每天有多少人在錯過，
大家匆匆忙忙的走，匆匆忙忙的生活。

像這樣匆匆忙忙的我們，
卻能在這個城市相遇，
然後成為無話不談的好朋友。

嗨，好不容易遇見你，
讓我們好好珍惜這份感情。

Super超級喜歡。
© BREAD TREE

—— 流星 ——

聽説，
天上每顆星星都是可以許願的，
當實現夢想的心愈來愈強烈，
星星再也承受不住時，
就會開始往下墜，
那就是夢想實現的時候了。

即刻啟程

有太多還沒説完的故事，
有太多還沒寫完的日記。

常常想著明天的同時也錯過了今天，

我們總説，時間還久，
一邊説卻也一邊在錯過。

機會就是它輕輕的來，
跟你打聲招呼後再默默的走掉，

所以想到就去做吧！
除非你想再一次錯過。

勇敢作夢

那些冷嘲熱諷其實你不用聽的，
他們不曉得自己在說什麼，
你卻那麼大意的全放進心裡，
怪不得現在會這麼傷心。

飄過雨後才會有彩虹，
暗夜成就了美麗的星空。
擦乾眼淚還是要記得勇敢，
勇敢的面對勇敢的迎接未來。

堅持的理由

如果你還願意繼續試試看，
那麼就沒什麼困難可以阻擋你。

你說說服你放棄的原因太多，
讓你堅持繼續的理由卻只有幾個。

雖然只有幾個卻一點也不少，
因為當初讓你決定開始的原因就只是那幾個呀！

重要的永遠不會是大家怎麼說，
也不會是分析結果告訴你該怎麼做，

重要的是你自己的心，
那個小小的卻還緊緊懷抱夢想的心。

幸福時刻

試著回想那些讓你感到幸福的時刻，

實現了一個小願望，

或是達成了某個小目標，

小小一件事，

卻讓你感受到滿滿的幸福。

夢想不一定要遙不可及，

它可以只是一件讓我們感到幸福的小事，

一個存在我們心裡小小的溫暖的太陽。

風雨無阻的

天氣很冷你還是出門了。
心情很差你還是出門了。
一夜沒睡你還是出門了。

不是赴什麼令人期待的約，
只是因為必須去而已。

上學、上班、工作或是開會，
雖然很無奈，但你完成了好多事。

於是你期許自己實踐夢想時也能這麼風雨無阻。

初衷

從前的你把夢想用鉛筆小心翼翼的記下，

慎重的託付給現在的自己。

但現在的你太忙了，只得把夢想往旁邊擱下，

幸運的話忙過後還能記得，

但常常是夢想就這樣被忘記了。

親愛的，

翻翻從前的日記本吧！

想想曾經珍惜的那份初衷，

你會知道自己要的是什麼。

走，出發！

早就決定好的事卻猶豫了，
早就訂下的目標卻害怕了，

擔心取代了信心，
各種藉口突然都變得好有説服力，

與其給自己時間後悔，
不如給自己一次機會，

決定好了就出發吧！
早就答應自己要努力的。

夢想一直都在

碰過了紙筆，才發現自己喜歡畫圖，
接觸了鋼琴，於是從此愛上了音樂。

夢想其實一直在那邊，
但我們找它卻繞了好多圈。

一定能到

你當然可以達成任何你願意努力的夢想，

過程中也可以沒有那麼多藉口。

要是你真心想達成一個目標，

不管過程多困難，環境再糟糕，資源再不足。

你都會有辦法到的。

看著天空想的事

有時候你覺得你能理解天上那些星星，
那些喊不出名字，不屬於哪個星座，
卻仍努力讓自己閃閃發亮的星星。

你覺得你懂他們的堅持。

總是，
挫折將你拉回原點，
夢想卻又帶你重新出發。

有時候，你覺得天上的星星能懂你。

137

主動練習

———————

如果有時間一定要再去那兒走走。

有一天我又遇見他一定要跟他聊聊。

但如果一直沒發生，

有一天也一直沒來。

於是你才知道有些事情如果不主動就不會發生，

於是你才明白有些機會如果不把握就不會停留。

再次出發

準備好了就再試一次吧！

不要太擔心了，
讓人後悔的是沒說出口的話，
是沒嘗試過的放棄，

一顆仍充滿期待的心，
缺少的是再試一次的勇氣，

勇敢的再試一次，
多給自己一次實現夢想的機會。

失敗給的禮物

你其實懷念小時候無懼的勇氣，
隨著成長，取而代之的是猶豫和遲疑。

如果說勇氣是成長付出的代價，
那經驗就是最大的收穫了！

成長過程中你踏出的每一步，
犯下的每一個錯誤，
都是成長的禮物，
是親身經歷才能夠擁有的。

所以不要害怕去嘗試，
別介意多給自己一份禮物。

沒問題，你知道的

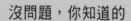

這次你沒有把願望對誰說，
只悄悄的藏在自己心裡，

因為你知道自己不一樣了，
現在的你能勇敢，並且知道自己可以。

讓夢想帶著你飛

懷抱夢想的你，試著讓夢想帶著你飛。

初衷

想想自己的初衷，

它會幫助你找到正確的方向。

只要還有時間，
　就可能還來得及。

流星

聽說，天上每顆星星都是可以許願的，
當實現夢想的心愈來愈強烈，
星星再也承受不住時，
就會開始往下墜，
那就是夢想實現的時候了。

Hey，別太擔心了
© BREAD TREE

晚安

偶爾為自己安排一小段假期，
或是準備一次小旅行，
讓自己可以好好放鬆，
就像太長的句子需要逗號，
太久的努力也必須要休息。

期待的心

等待雨停，等待放晴，
等待週末，也等待下一次旅行。

試著用期待的心去等待，
期待那件即將發生的事，
期待那些即將展開的小旅行。

勇敢的再飛一次。
©BREAD TREE

再飛一次

別被曾經的失敗絆倒了。

恐懼有一半是自己想像出來的，
剩下的一半則不一定會發生。

跌倒了就站起來，
失敗了就再重來，

打起精神，讓我們再飛一次！

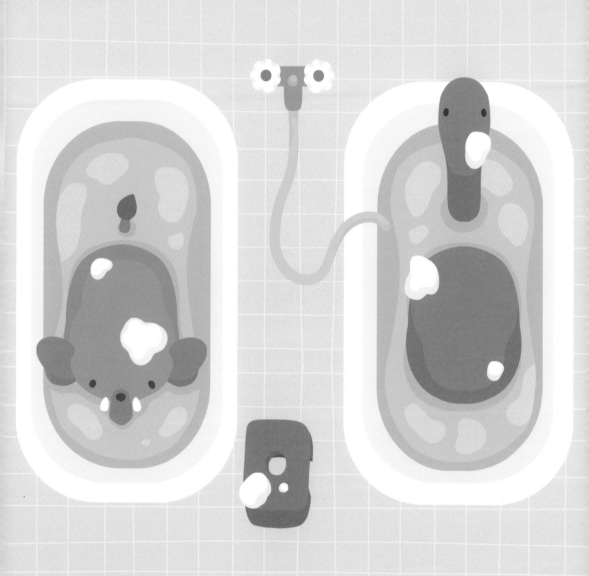

留下回憶

有高就有低，任何事情都一樣吧。

千方百計的想著如何擁有，

擁有了卻又開始擔心失去，

到頭來留下的只有疲倦而已。

忙碌時看著滿滿的行程表

雖然累卻仍覺得充實，

閒暇時翻著空白的行事曆

想著給自己安排一段旅行。

每個階段都有屬於它的美好。

給自己留下不一樣的回憶，

而不是只有疲倦而已。

在雲裡睡覺

心裡總是住著幾個不切實際的夢想，

像是在白雲裡睡上一覺，
或是在宇宙中玩捉迷藏，

明明知道不可能，
但想著想著還是很快樂。

歇歇

累了就早點睡，
倦了就先歇一會，
心痛了就別再勉強去挽回。
傷心是一定會，
無奈也再所難免，
這次就別再強迫自己去追。

親愛的，
無論枕頭上淌了多少眼淚，
睡醒太陽升起還是全新的一天。

不哭了，會沒事的。

不哭

不哭了，會沒事的。

有些人就是來陪你一陣子的，

也許一年也許兩年，

某一天他決定要走，於是離開了。

留下來的你一定很傷心，

可能會覺得一個人很孤單，

一個人什麼事都做不好，

但其實不會的，不會這樣的，

有一天傷心會過去，

你會想起這原本就是趟一個人的旅行。

加油，
只差一點點了。
© BREAD TREE

別放棄

仍然願意相信事情會慢慢好轉，
說什麼也不願意這樣放棄了。

在最艱難的時候放棄，
就像一本書看到傷心處就不看了，
可惜了書末意料之外，美好的結局。

一個故事

那些猜不透弄不懂的事，
也許只是因為背後缺少了一個故事，

少一個故事告訴你為什麼會這樣，
少一個故事安慰你為什麼會那樣，

如果又因為不明白什麼事睡不著覺
就自己先給它一個故事吧！

一個你可以接受的故事。

安靜的聲音

對街路人談話的聲音，
窗外微風吹過的聲音，
自己呼吸緩緩的聲音，

都是安靜的聲音。

安靜的聲音一直存在，卻常常被忽視，
就像心裡的聲音一樣，
永遠有話要說，卻總是被遺忘。

遇到問題時，
聽聽心裡被遺忘的聲音，
也許真的能明白什麼。

聽聽

———————————

不愛說話的你卻也討厭周遭太安靜，
也許還是想跟周遭有點連結吧！
稍微吵吵鬧鬧才能讓你覺得安心。

畢竟仍就是生活在這個世界裡，
別總是待在自己的小房間，
偶爾放下螢幕看看周遭的風景，
偶爾摘下耳機聽聽世界的聲音。

迷路

尋找方向的過程，
就像在濃濃的霧裡迷路。

問自己怎麼走進來的也不清楚，
問自己打算往那兒走也不知道，

不曉得霧什麼時候會散開，
也不確定到底會持續多久。

但即便如此也別太害怕了，
因為無論如何這只是一場霧，
一場走著走著久了就會慢慢散去的霧。

下一站，未來

從前玩遊戲的時候你說：我要贏！
睡覺前你拿著故事書說：我想聽！

曾經你對自己想要的事是那麼清楚又明白。

所以如果你現在選不出未來的方向、
找不到自己的興趣也不要太灰心，
耐心的給自己多一點時間，

因為你一定還保有那份作決定的能力，
只是暫時遺失了作決定的勇氣。

最後的關卡

分隔兩地最傷心的時候是即將分開時，
做錯事最緊張的時候也是被發現那刻，

一旦最難熬的時候努力的撐過去了，
後來發生的事也就顯得輕鬆的多。

之後回想起來還能雲淡風輕的笑自己，
好像當時的天崩地裂都不算什麼。

如果分離時想著重逢的日子能安慰自己，
那麼艱難時就想想雨過天晴後的太陽吧！
它一定能給你滿滿的勇氣和力量。

逗號與休息

一篇文章少了逗號便使人難以理解，
一段時間沒好好休息就會讓人失去動力。

偶爾為自己安排一小段假期，
或是準備一次小旅行，
讓自己可以好好的放鬆，

就像太長的句子需要逗號，
太久的努力也必須要休息。

那一晚你沒有闔眼。

© BREAD TREE

那一晚，你沒有闔眼

睡前關窗時錯過了一顆流星，

「沒許到願太可惜了」

於是你整晚等在窗前，盼著流星再出現。

後來你昏睡了一整個隔天，

醒來心裡卻不太難過了，

因為在夢裡，有滿滿的流星等著你來許願。

麵包熊

習慣只皺
一邊眉毛

蜂蜜

弄丟鑰匙
的日記本

夢想是開麵包店
個性優柔寡斷
♥喜歡逛家具店

上妝(有信心)

妝(沒信心)

設計圖

IKEA
的
內盒

最喜歡
法國麵包

只剩一隻
但捨不得丟
的保暖手套

心目中的
理想麵包店
長相

小豬 PETER

最愛甜甜圈

放重要食物的盒子

墨鏡

蜜蜂裝(短程飛行)

超人裝(宜長途飛行)

家

對自己長相很滿意
物第一,喜歡飛行
擅長闖禍後裝死

手工布丁♥

珍藏的及格考卷

隨身攜帶的湯匙

喜歡草莓蛋糕

指定香草口味

仙人掌君

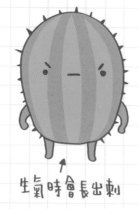

喜歡襪子

↑ 常態

生氣時會長出刺 →

↑ 很開心會開花

不挑食

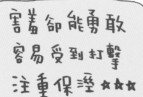
害羞卻能勇敢
容易受到打擊
注重保溼 ★★★

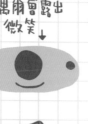
耐用的
公事包 →

超保溼
護唇膏
↓

不怕刺的
針織衫

無尾熊
Gary

平日 ↘

偶爾會露出
微笑 ↓

打扮後 ↗

鞋帶塞在
裡面的帆布鞋

↑
在誠品附近採的葉子

針織外套
無印良品 ↖

eslite誠品

很珍惜
的誠品卡

拍立得
↓

星巴克 ↗
咖啡

席慕蓉
詩集 ↗

七里香

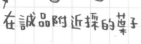
目標→成為文青
話不多,卻很犀利
★★★ 重視質感

小貓 Emma

→ 新買的
手提包

近期喜歡的
大圓帽

赴宴裝扮 ↑

↑ 穿了不太會走路的
高跟鞋

每天都要敷面膜 ←

平日裝扮 ↑

桃紅色護唇膏 ←

幾乎是每天的早餐 →

隨身攜帶
← 的鏡子&梳子

← 心愛的
蝴蝶結髮圈

熱愛照鏡子
立志成為最漂亮的貓咪
嬌傲,有點難親近

鼻子很短,所以叫短短
愛乾淨,常大掃除
很容易被感動

熱愛烹飪の大象
短短

喜歡有耳朵的杯子

喜歡配做
麵團

隨身攜帶
75% 酒精

↑ 最喜歡廚師帽

戴上皇冠
↓

憂鬱時會變灰色

煎的最好
的太陽蛋

2014.10.27

隨身攜帶的食譜

FOREVER

第一次合照

↑仙人掌君
開花特寫

特地到相館
拍的文藝照 ★★★

BREAD TRIP

↳露螢時跟滿天
星星合照 ★

62

Peter 第一張及格考卷

煎蛋練習 →

LIFE ALBUM

© BREAD TREE

2010年旅行照

SUPER

Peter的飛行自拍。

SHOCK

意外淋了
滿頭蜂蜜
那天。

CHU CHU ♡

恐龍君與最愛
的宇宙麻包。

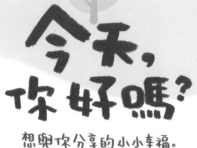

今天，你好嗎？

想與你分享的小小幸福。

作　　者／麵包樹
美術編輯／申朗創意
企畫選書人／賈俊國

總 編 輯／賈俊國
副總編輯／蘇士尹
行銷企畫／張莉滎・廖可筠

發 行 人／何飛鵬
出　　版／布克文化出版事業部
　　　　　台北市中山區民生東路二段 141 號 8 樓
　　　　　電話：(02)2500-7008　傳真：(02)2502-7676
　　　　　Email：sbooker.service@cite.com.tw
發　　行／英屬蓋曼群島商家庭傳媒股份有限公司城邦分公司
　　　　　台北市中山區民生東路二段 141 號 2 樓
　　　　　書虫客服服務專線：(02)2500-7718；2500-7719
　　　　　24 小時傳真專線：(02)2500-1990；2500-1991
　　　　　劃撥帳號：19863813；戶名：書虫股份有限公司
　　　　　讀者服務信箱：service@readingclub.com.tw
香港發行所／城邦（香港）出版集團有限公司
　　　　　香港灣仔駱克道 193 號東超商業中心 1 樓
　　　　　電話：+86-2508-6231　　傳真：+86-2578-9337
　　　　　Email：hkcite@biznetvigator.com
馬新發行所／城邦（馬新）出版集團 Cit　 (M) Sdn. Bhd.
　　　　　41, Jalan Radin Anum, Bandar Baru Sri Petaling,
　　　　　57000 Kuala Lumpur, Malaysia
　　　　　電話：+603- 9057-8822　　傳真：+603- 9057-6622
　　　　　Email：cite@cite.com.my
印　　刷／卡樂彩色製版印刷有限公司
初　　版／2015 年（民 104）4 月
初版 6.5 刷／2021 年（民 110）12 月
售　　價／330 元

城邦讀書花園　布克文化
www.cite.com.tw　WWW.SBOOKER.COM.TW